AF264203

L ²⁷
n. 1955².

ADIEUX

DE

M. THIONS

Curé de Chânes

A SES PAROISSIENS.

MACON.

CHARPENTIER, LIBRAIRE.

—

1846.

ADIEUX

DE

M. THIONS

CURÉ DE CHANES

A SES PAROISSIENS.

MES CHERS PAROISSIENS,

Je dois à vous et je dois à moi-même de vous expliquer, en peu de mots, les motifs de la démission soudaine que je viens de donner de mon ministère. Il ne faut ni pour vous, ni pour moi, ni pour la religion, que de fausses interprétations s'attachent à cet acte. Vous avez été les témoins de ma vie, vous devez être les confidents de la résolution qui la brise.

Je vivais, depuis seize ans, au milieu de vous, cherchant, dans la mesure de ma foi et dans la convenance de mon sacerdoce, à vous édifier de ma parole et à vous diriger dans la voie de Dieu. Tout-à-coup, et sans aucun avertissement préalable, un grand-vicaire de Monseigneur l'évêque d'Autun descend dans votre commune, se présente chez moi, une formule de foi dans la main, et me dit, au nom

1846

de mon supérieur spirituel : « Signez cette profession de foi ou remettez les clefs du sanctuaire et ne repassez plus le seuil de votre église. » Sans hésiter un instant, sans examiner et sans discuter les termes de cette profession de foi, mais ne considérant, dans cette sommation, que deux choses : l'abus d'autorité qui vient sonder à toute heure le secret de la conscience, et la contrainte morale exercée contre un prêtre à qui l'on donne à choisir entre une profanation de sa pensée et la perte de son pain ; j'ai choisi de perdre mon pain. J'ai racheté la complète indépendance de ma conscience au prix de ma profession sur la terre ; et, tout en m'affligeant d'être séparé de vous, j'ai remercié le ciel de m'avoir fait reconquérir à ce prix la liberté des enfants de Dieu. J'ai remis respectueusement la clef de mon église et je me suis jeté aveuglément dans les bras de cette Providence qui sait seule ce qu'elle veut de nous.

Sans doute, mes chers paroissiens, il m'en coûte beaucoup de m'éloigner de cette famille spirituelle dans le sein de laquelle j'ai passé tant d'années obscures et paisibles de ma vie ; mais vous auriez cessé de m'estimer, si j'avais acheté par une complaisance équivoque le bonheur de finir mes jours au milieu de vous, et j'aurais perdu ma propre estime si je m'étais engagé à enchaîner dans les liens d'une formule arbitraire une pensée qui n'est sainte qu'à la condition de rester libre, et dont je n'aurais pas à me glorifier devant Dieu si je ne pouvais la discuter avec ma raison. (*)

Tels sont, mes chers paroissiens, les circonstances et les motifs de l'éloignement subit qui vous étonne et qui m'afflige. A Dieu ne plaise que je vous les expose dans l'intention de tourner votre étonnement et mes peines en accusation contre mes supérieurs ecclésiastiques. Ils ont agi dans la plénitude de leur prudence, comme moi dans la plénitude de ma liberté. Les devoirs contraires se heurtent quelquefois, mais se comprennent. Le meilleur moyen de me prouver votre amour, sera de partager mon silence et ma soumission.

Je sors de votre église, non comme un transfuge mécontent, et qui secoue la poussière de ses pieds, mais comme un fils volontairement banni, qui, en quittant la maison de sa mère, se retourne toujours vers ses frères, avec un souvenir de reconnaissance et de bénédiction.

Recevez, avec les adieux d'un ami, l'assurance de son éternel dévouement.

C. THIONS.

Chânes, le 28 octobre 1846.

(*) Rationabile obsequium vestrum. (*Saint Paul.*)

Les Habitants de Ghânes,

A

MONSIEUR L'ABBÉ THIONS.

Monsieur le curé.

Vous nous connaissez, nous sommes des gens simples, des cultivateurs pour la plupart et nous n'entendons rien aux affaires. Ce que nous comprenons, ce sont les bons préceptes, les bons exemples que vous nous donnez depuis seize ans.

Il y a toujours eu bons rapports, bonne amitié dans la paroisse de votre temps. Tous les jours, vous alliez secourir et consoler des misères au nom de la religion. Nous vivions ainsi en paix, lorsque vous nous annoncez qu'un ordre de Monseigneur vous oblige à nous quitter. Nous sommes plus malheureux que vous. Nous perdons un ami de seize ans, un consolateur dans toutes nos peines.

Recevez, Monsieur le curé, avec bonté, l'expression de notre reconnaissance. Nous nous efforcerons, quoiqu'il nous en coûte, d'obéir à votre dernier adieu et à votre dernière prière. Nous respecterons votre successeur, nous étoufferons tout murmure contre l'autorité supérieure qui, en vous frappant si durement, nous a tous frappés dans votre personne.

Permettez-nous donc, Monsieur le curé, de vous adresser nos adieux et nos regrets. Que la bénédiction de Dieu vous accompagne dans votre chagrin, vous qui nous avez si souvent bénits dans nos privations, dans nos mauvaises récoltes et dans nos maladies. Que la providence veille sur vous, comme vous avez veillé sur nous. Nous ne vous oublierons jamais !

Suivent les signatures de tous les habitants.

En 1844, la question de l'enseignement universitaire agitait les esprits. Un *pauvre desservant d'un pauvre village* avait, dans son amour pour la vérité, cru pouvoir résoudre la question autrement que son évêque. Il avait publié son opinion ; puis il était rentré dans l'abnégation sacerdotale, se contentant d'édifier ses paroissiens par sa parole et par ses exemples. Voilà qu'après deux ans, il tombe inopinément sous le coup d'un pouvoir qui, sans contrôle, et souvent même sans cause, *quamdiù illi placuerit*, peut frapper ses subalternes dans leur existence.

Poussé par l'intérêt qui s'attache à un malheur immérité, nous avons recueilli deux pièces qui tiennent essentiellement au débat de cette affaire, et nous les donnons au public, persuadés que nous sommes qu'elles seront accueillies avec plaisir par tous les esprits judicieux.

LES HABITANTS

DE LA CHAPELLE-DE-GUINCHAY,

A

A MONSIEUR L'ABBÉ THIONS.

Octobre, 1844.

Monsieur l'abbé,

Nous aurions hésité plus longtemps à troubler le calme de vos méditations ; mais à côté de la crainte d'offenser votre modestie, se trouve celle de manquer à un devoir ; la première ne pouvait l'emporter en nous sur la seconde.

Nous venons donc, Monsieur l'abbé, vous féliciter, avec la France entière, de la haute pénétration qui vous a fait discerner ses véritables tendances, et du noble courage avec lequel vous avez su vous y associer.

Vous avez admirablement compris, selon nous, que l'esprit nouveau de notre grande époque exigeait impérieusement que le clergé s'identifiât, dans les limites de son devoir, aux destinées de

son pays , et qu'il renonçât désormais à substituer
les haines et les divisions de l'intolérance à la cha-
rité chrétienne qui doit relier tous les membres de
la grande famille de J. C.

Ce n'est pas tout : en refusant de joindre votre
signature à celles de vos confrères, dans la question qui soulève tant de haines , vous leur avez
insinué que des protestations par écrit , de la part
des citoyens , contre les décisions des trois pouvoirs
qui les régissent , n'était pas seulement une in-
conséquence politique , mais encore une entrave à
la marche du progrès social et une impasse devant
le gouvernement.

Vous ne pouviez manquer , du reste , de pré-
férer aux dangereuses exagérations de l'ultramon-
tanisme, la sagesse de nos libertés gallicanes, puisque
vous unissiez, dans la personne du prêtre , le disci-
ple intelligent de la religion au citoyen zélé pour
son pays et pour les institutions qui en font la
gloire.

Honneur donc à vous , Monsieur l'abbé , pour
cette prévoyante raison qui est la vôtre ! Si nous
mêlons aujourd'hui nos faibles voix dans ce concert
de louanges qu'une équitable et universelle apprécia-
tion de votre conduite et de vos talents fait retentir
autour de vous, gardez-vous de croire que nous y
soyons poussés par l'entraînement général ; nous ne

faisons, en cela, qu'exprimer les sentiments parti-
culiers de notre juste admiration.

Agréez, Monsieur l'abbé, l'assurance de notre
respect et de nos bien vives sympathies.

Suivent de nombreuses signatures.

RÉPONSE DE M. THIONS.

—

A MESSIEURS LES HABITANTS

DU CANTON

DE LA CHAPELLE-DE-GUINCHAY.

Messieurs,

C'est un beau jour pour moi que celui où m'ar-
rivent, dans ma solitude, vos honorables et
bienveillantes sympathies ; mais la justice ne me

permet d'accepter de vos hommages que les encouragements dont vous voulez bien soutenir mes faibles efforts. Vous l'avez pensé ainsi que moi : c'est à côté, et non dans la route de l'esprit humain qu'on peut trouver les précipices ; car, il faut bien le reconnaître, il y a aussi dans ce travail incessant et universel de Dieu en nous, par lequel il pousse les sociétés vers leur perfection relative, quelque chose de surhumain qui a des droits à notre culte. Interrogeons, du reste, le but final du Créateur. N'est-il pas de conduire, d'élever les hommes à la ressemblance, à la grande image de son unité, et par conséquent, de bannir d'entre eux, d'en déraciner successivement l'esprit d'exclusion, de faux zèle et d'intolérance? Si j'ai refusé, avec un petit nombre de gallicans, de m'enrôler dans cette croisade aventureuse, provoquée par le jésuitisme, tout mon secret a été de distinguer, avec la Nature, le passé du présent, et de comprendre qu'il ne fallait pas intervertir les époques. Il est fâcheux que tous ne veuillent pas conjuguer de même, et apercevoir qu'il y a des ruines derrière l'exagération des principes. Au souhait que je forme avec vous, pour que cette vérité soit mieux sentie, je me permettrai d'ajouter encore un vœu ; c'est que la Providence dirige ce grand débat à la gloire de la religion et à l'intérêt moral des peuples.

Agréez, Messieurs, avec mes remercîments, l'assurance de ma considération la plus distinguée..

THIONS.

MACON, IMPRIMERIE DE CHASSIPOLLET.